AF389736

Boulevard
du
Montparnasse

© Avril 2022
ISBN 978-2-9582697-0-8

Boulevard
du
Montparnasse

Valérie Lasry

À Lucie, Clara, Léa,
Edouard et Julia

À Salomé, Talia, Rafaela,
Joseph, Gabriel, Élie et Refael

À Bernard

« Tu as tout à apprendre,
tout ce qui ne s'apprend pas :
la solitude, l'indifférence,
la patience, le silence. »
Georges PEREC
Un homme qui dort

1

Peut être l'avez-vous déjà aperçu, peut être pas. Il se fait discret, parle peu. Quelques mots mâchouillés, il faut savoir tendre l'oreille. Il ouvre parfois un œil. Les deux c'est compliqué, il est fatigué. De tout et d'un rien, tout petit rien.

– Allez, un peu de courage, ressaisis-toi !

– Je veux bien, mais à quoi bon.

Tignasse ébouriffée et pardessus élimé tout au long de l'année, il ne connaît plus ni saisons ni couleurs. Gris clair, gris foncé, gris souris, un léger fondu de gris à l'infini.

– Quel âge as-tu ?

– Je ne suis ni jeune ni vieux, la vérité doit se cacher entre les deux.

2

Revoir l'océan, il y pense souvent, il aimerait bien.

— Allez Louis, vas-y !

— Trop loin, trop tard, trop compliqué.

Pour l'heure, il se balade, traîne dans Paris de trottoirs en couloirs, arpente les rues, dort dans des squares.

De nature inquiète il ne s'aventure jamais très loin. Si par hasard il s'égare, il lève la tête vers le ciel. Un réflexe, une habitude qui le rassure.

Eiffel et Montparnasse n'ont pas bougé.

Il reprend sa route, rassuré.

Lui connaît-on une femme ou des enfants ? Jamais rien entendu à ce sujet dans le quartier. Rien vu non plus.

Des amis peut-être ? Envolés un jour de printemps. Ou bien était-ce l'automne ? Louis ne se plaint pas, il préfère en sourire.

Aucune nouvelle à recevoir ni à donner, ça tombe plutôt bien, la Poste ne saurait pas où me trouver !

3

Non, ça ne me dérange pas. Les coups de feu, les coups de fatigue, j'en fais mon affaire.

Il est six heures et le ciel chargé d'un noir profond plonge toujours la ville dans une épaisse obscurité.

Seul derrière le zinc, David s'affaire en écoutant la radio.

Tiroir-caisse qui s'ouvre et se referme, cliquetis de couverts sur la porcelaine empilée, l'info tourne en boucle dans les jets de vapeur et de lait.

Un coup d'œil à la pendule, le temps file comme les bas, David ajuste sa chemise après en avoir retroussé les manches avec soin.

Six heures quarante-cinq, le néon lumineux révèle le matin bleu, le bistrot parisien ouvre grand ses portes. Les premiers arrivés sont les habitués. Le café du matin c'est comme un baiser, ça donne de la force et du courage pour toute la journée. Mains qui se serrent, clins d'œil ou regards entendus, le ton est donné.

Du haut de ses trente ans et quelques poussières qui poudrent ses paupières, David prend la vie du bon côté.

– Un crème David !

– Tout de suite mon ami.

4

Il avait fini par s'y habituer. SDF, trois lettres pour un acronyme qu'il trimbalait sans trop de peine.

Il vient d'apprendre qu'il relève d'une nouvelle catégorie « personnes en situation de rue », c'est la dame de l'association qui lui a dit. Dit et répété. Durée d'errance, travailleur social, couverture maladie, place d'hébergement, recensement administratif, elle lui a farci la tête de termes « adaptés » en insistant pour qu'il prenne des notes et les conserve précieusement. Appeler le 115 et surtout, surtout ne rien oublier.

– Oublier ? De quoi parle t-elle ?

S'il convient que sa mémoire a des failles il ne s'en plaint pas. À qui d'ailleurs pourrait-il confier ces béances qui se creusent ? Et puis le croirait-on s'il ajoutait qu'il ne se sent jamais mieux qu'au fond du vide qui le tient ? On le prendrait vite pour un fou.

5

« Pressé de te retrouver, je pense à toi.»

Un baiser sur le front de Laura qui dort à poings fermés et ces quelques mots à son adresse. Elle les lira à son réveil.

Laura c'est son amoureuse. Elle arrive vers onze heures, rarement plus tard et l'accompagne jusqu'au service du soir. Plus réservée que David, elle n'en est pas moins réactive. Rien ne lui échappe, pas plus la main levée que le regard contrarié. Flagrant délit de détente, l'après-midi elle souffle un peu. Juchée sur un tabouret de bar, une tasse de thé à la main, elle feuillette un magazine ou chuchote au téléphone. La vie de Laura s'attarde ici mais s'étend ailleurs aussi.

Une dernière cigarette partagée avec David ainsi qu'un sourire dans les volutes blanches de la fumée, la pause est terminée. De nouveau le couple se lance.

Dans le chassé croisé des conversations, ils glissent entre les tables sourire aux lèvres alors que public et privé se frôlent dans un brouhaha pétri d'empreintes colorées.

Sur les nappes à petits carreaux rouges et blancs, les verres se vident et les assiettes aussi.

6

Il le monte et le redescend.

– Combien de fois par jour Louis ?

– Tout dépend.

Il prend son temps.

Sur le boulevard qu'il arpente du matin au soir, il y en a huit, il les a comptés. Huit bancs sur lesquels il peut s'asseoir pour se reposer.

Entre autres pas de côté, il lui arrive de prolonger jusqu'au jardin du Luxembourg. En semaine il y trouve toujours un fauteuil bas, plus agréable pour son corps abîmé.

Cerné d'une flopée de pigeons qu'il régale quand il le peut, il glisse au fond du siège. Ça peut prendre du temps, il n'est pas habitué à se laisser aller. Muscles enfin relâchés, tête penchée sur le côté, il plonge.

Une main d'abord, puis l'autre délicatement sur le clavier. Un air de Jazz, du blues, la Sonate pour piano n°2 en si bémol mineur de Chopin, les notes roulent sous l'effet tenace d'une jeunesse sublimée.

Quand la pluie ne le chasse pas, Louis joue longtemps. Là-bas, au bout de l'obscurité, l'ébène de son piano lui renvoie l'image d'un homme heureux.

Rouge, comme ses joues qui s'empourprent lorsqu'un couple d'italiens souhaite le prendre en photo. Derrière le bar, mains sur les hanches, David prend la pose sans cacher sa fierté.

Construit dans les années 30, le bistrot a gardé un charme désuet et le soin apporté afin de conserver l'esprit art déco se lit dans les moindres détails. Mosaïque, boiseries, miroirs et lustres flirtent avec élégance dans l'espace que souligne un long comptoir en bois et cuivre, véritable pièce de musée.

– Tu préfères la banquette ou la chaise ?

– Ça m'est égal, tout me va !

Au fond à droite, près de la fenêtre ou à l'abri des regards on parle et on rit.

On écoute et on médite aussi.

Le monde est retouché, on lui refait une beauté, exit les guerres, la maltraitance, la pauvreté, les épidémies. Tout y passe, même le silence des confidences. Il paraît que les murs ont des oreilles.

8

« Tout le monde a le droit à une troisième chance »

Assis sous un porche Louis relit la publicité placardée sur l'abribus.

L'idée est simple, vous disposez non pas d'une, ni deux, mais de trois chances de gagner. Une somme allant de 3 à 30 000 euros. Si les mots gratter, symbole, bonus ne lui évoquent pas grand-chose, les 30 000 euros comme gain potentiel le laissent distant. Que ferait-il d'une telle somme ?

Comment le saurait-il, il n'y a jamais réfléchi.

Il sourit par contre à l'idée du droit à une troisième chance. Il suffirait donc de gratter. Pourquoi n'a t'il jamais essayé ?

Des cris le sortent de ses pensées. À deux pas, juste en face de l'endroit où il s'est installé, deux individus enfourchent un scooter avant de démarrer en trombe. Quelques instants plus tard, une femme en pleurs sur le trottoir.

Louis se lève et traverse le boulevard.

9

Au départ ils ne voulaient pas, ni l'un ni l'autre ne se sentant capable d'assumer une nouvelle responsabilité.

Puis il y a eu l'agression, d'autant plus traumatisante que soudaine.

Il était tard ce samedi soir lorsque deux individus casqués avaient surgi dans la pénombre et forcé Laura à ouvrir le tiroir-caisse.

Un classique selon la police familière de ce type d'affaire. Un coup dur pour l'entourage.

Malgré les conseils fusant tous azimuts et l'installation immédiate de caméras de surveillance, l'atmosphère devint pesante, chaque turbulence estampillée d'une angoisse nouvelle.

– Et si nous prenions un chien avait dit David ?

Au départ ils ne voulaient pas, ni l'un ni l'autre ne se sentant capable d'assumer une nouvelle responsabilité. Ils ont finalement changé d'avis, reconsidérant les hasards de la vie.

Tête tendue vers l'avant, dos légèrement plongeant, Smoky se faufile entre les tables quand il ne profite pas des rayons du soleil qui réchauffent la terrasse. Ses maîtres en sont fous.

L'appétit vient en mangeant.

Louis n'a pas faim, Louis n'a jamais faim. Pourtant, enfant puis adolescent il dévorait.

– Louis, on ne parle pas la bouche pleine !

Il y a belle lurette que Louis ne s'est pas mis à table. Quelle table d'ailleurs ?

Dans la rue il y a des bancs mais il n'y a pas de table. Aucune importance, la faim disparaît avec le manque et le manque avec le temps.

Oubliés le poulet rôti du dimanche et la tarte aux pommes, les fêtes et les repas de famille.

L'histoire de Louis tombe en morceaux. Pomme, pain, fromage, sortis de partout et de nulle part.

– Et la Madeleine t'en souviens-tu Louis ?

– La madeleine, quelle madeleine ? Je ne sais pas, je ne sais plus.

Des coulisses monte le bruit des plats en préparation, poule au pot, veau marengo. David est sur le pont.

Sur tous les fronts précise Laura une touche d'humour dans la voix. Parfois il disparaît. Dégringole les marches qui mènent aux cuisines où se joue la partition culinaire. Le succès de son établissement dépend en grande partie de la qualité du menu. Inconcevable donc de laisser l'entière responsabilité peser sur les épaules du cuisinier qui, en outre, doit gérer sa brigade. Sans aucune ingérence, David suit le déroulé des opérations tout en apportant à l'équipe un soutien chaque jour renouvelé.

Épuisant, ingrat, démoralisant, les qualificatifs ne manquent pas pour décrire l'activité. Depuis dix ans, les propriétaires se succèdent, qui sous les effets désastreux d'une vie désarticulée finissent par craquer et jeter l'éponge au fond de l'évier.

Le jeune couple lui, se cramponne à ses rêves. Échéances, fins de mois difficiles, week-end et vacances sacrifiés n'entament ni son courage ni sa volonté.

12

David l'a guetté toute la matinée. Il a fini par l'apercevoir. Louis marchait tranquillement de l'autre côté du boulevard.

– Merci ! Mille merci !

– Je n'ai pas fait grand-chose

– Juste l'essentiel. Être là et protéger Laura.

13

« Je monte, je valide » ainsi le message adressé par le véhicule à quiconque souhaiterait bénéficier de ses services. Louis est au courant. À voir défiler les bus toute la journée, comment pourrait-il en être autrement ?

Il a patiemment attendu « l'heure creuse » pour monter dans le 82 direction Pont de Neuilly.

À peine entré il est interpelé. Un teckel, oreilles et tête relevées se met à faire des bonds en même temps qu'il aboie. Sans parvenir à le calmer le maître tire violemment sur sa laisse, au risque de l'étrangler.

Encombré par le gros sac qu'il trimballe partout, Louis choisit de rester debout à proximité de la barre centrale. Il aimerait relever la tête mais c'est compliqué. Le chien a fini par se calmer mais s'entête à l'observer du coin de l'œil. Et les à-coups répétés du bus lui donnent la nausée.

Boulevard des Invalides, le trafic devient plus dense. Louis serre la barre de maintien aussi fort que sa gorge se noue au contact du métal. Étrange sensation, il l'avait oubliée.

École Militaire, un violent coup de trottinette reçu sur le tibia lui fait perdre l'équilibre.

Général Detrie, il se relève péniblement. Un jeune couple d'américains prend des photos.

– Paris, what a beautiful city !

Champ-de-Mars il descend et fait quelques mètres en boitant. Des yeux, Louis cherche un banc mais se ravise aussitôt.

Il se reposera plus tard. Aujourd'hui, le temps presse.

Indifférent à tous les badauds qui traînent autour comme aux pressés de la capitale qui ne la voient même plus, il pousse jusqu'à ses pieds. Lève la tête et la voit comme il l'imagine, libre dans les airs.

Il se souvient que « Citroën utilisa la Tour Eiffel pour une gigantesque publicité lumineuse.[1] »

[1] Georges Perec, *Je me souviens*

Depuis sa virée au 5 avenue Anatole France, Louis n'est pas en forme. Il peut à peine poser le pied par terre, la douleur est trop intense. Il a bien essayé de faire quelques pas. En vain.

— Que se passe t-il Louis ?

— Je ne sais pas, je ne comprends pas.

Lui qui d'habitude se nourrit des ses errances souffre de cet immobilisme forcé.

Et puis il y a le froid, ce froid qui pénètre ses os, ce froid qui n'en finit pas.

Pour passer le temps il compte. Les pigeons, les pots de fleurs sur les balcons, les pigeons dans les pots de fleurs sur les balcons. À deux doigts, un ruban bleu de gyrophares distrait Louis de sa tâche. Il recommence. Surprenante obstination pour qui sait combien les chiffres et les nombres l'ont toujours assommé. Il leur a toujours préféré les notes, celles qui vagabondent à l'envi sur les portées. Un air de musique, n'importe lequel, finit toujours par l'emporter.

On ne dort jamais mieux que dans son lit.

Qu'en est-il du sommeil d'un homme qui ne connaît que la rue ?

Après avoir tenté plusieurs fois de se lever, Louis a fini par renoncer.

Cloué au sol sous son pardessus trempé, les genoux repliés contre son corps tremblant, il sent ses dernières forces le quitter. Au loin la valse des feux tricolores ralentit.

Encore un jour sans fin.

Fin des hostilités, fin de non-recevoir.

Fin de droits.

Retiré du monde, Louis n'en perçoit que les échos lointains.

Reste à vivre, zone de non droit, déficit budgétaire, mots saisis au gré de ses déambulations, mots codés. Quand la parole se dérobe, quoi dire et à qui ?

Quelques mots d'amour ?

Fin de partie.

Au moins l'aura-t-il évité. L'attroupement de curieux n'a pas eu lieu. Ça s'est passé calmement, au milieu de la nuit. Les pompiers l'ont embarqué et Louis n'a rien dit. Enveloppé dans sa couverture de survie il a simplement souri.

17

On y accède par un escalier de service, 10 m² sous les toits au 7ème étage d'un immeuble bourgeois. Un coin cuisine et un coin nuit. Les WC sont communs ainsi qu'une douche que chaque utilisateur doit maintenir dans un état de propreté irréprochable, la gardienne insiste sur ce point.

Excepté quelques rappels ponctuels, la cohabitation ne pose aucun problème. Chacun y met du sien. Ainsi Louis qui, soucieux du repos des occupants tourne ce matin délicatement la clef dans la serrure. Dans le couloir silencieux, le parquet craque sous ses pas.

À l'abri des regards et dans le prolongement du comptoir, un débarras dans lequel il dépose ses clefs ainsi que son grand manteau. Deux minutes lui suffisent pour enfiler son tablier. Il pense à toutes ces choses qu'il doit faire avant l'ouverture. Il pense aussi à l'homme recroquevillé sous le porche de l'immeuble juste à coté.

Un café puis un deuxième qu'il accompagne d'une cigarette. L'éponge glisse sur le zinc, passe, repasse, laisse quelques traces.

18

Il a sursauté et les cafés se sont renversés. La main de David n'a pourtant qu'effleuré son épaule.

– À quoi penses tu mon ami ?

– À tout et à rien, je ne sais pas très bien.

– Tout va bien se passer, ne t'inquiète pas.

Chemise blanche et pantalon à pinces, Louis n'a pas mégoté. Pour la cravate il hésite encore. Le temps d'une balade le long du boulevard et il saura. Laisse à la main, il part se promener. Smoky l'accompagne.

19

Une main d'abord puis l'autre délicatement sur le clavier. Un air de Jazz, du blues, la sonate pour piano n°2 en si bémol mineur de Chopin, les notes roulent sous ses doigts passionnés.

Dans la salle du bistrot qui ce soir est pleine à craquer, les corps, tous les corps ondulent au rythme des mélodies que Louis – il se l'est promis – jouera jusqu'au bout, tout au bout de la nuit.

Dépôt légal : avril 2022
ISBN 978-2-9582697-0-8

Composition: BLD
Image de couverture : Can Stock Photo